VENTE DU SAMEDI 11 FÉVRIER 1888

HOTEL DROUOT, SALLE N° 3

FAIENCES ITALIENNES

DU XVI° SIÈCLE

Faïences Orientales et autres

PORCELAINES — BIJOUX

ARMES ET FER

DES XVI° ET XVII° SIÈCLES

Crédences Gothiques — Étoffes

EXPOSITION PUBLIQUE

Le Vendredi 10 Février 1888

de une heure à cinq heures.

Me P. CHEVALLIER	**M. B. LASQUIN**
COMMISSAIRE-PRISEUR	EXPERT
10, rue de la Grange-Batelière, 10	12, rue Laffitte, 12.

CATALOGUE

DES

FAIENCES ITALIENNES

DU XVIᵉ SIÈCLE

D'Urbino, Deruta, Gubbio, Pesaro, Caffaggiolo, Faenza, Castelli

Faïences hispano-mauresques, de Damas et de Rhodes
Faïences diverses — Porcelaines de Chine
Bijoux — Pendentif en or du XVIᵉ siècle — Armes anciennes
et Fers ouvrés — Demi-Armure — Joli Mousquet
Épées — Objets variés — Bois sculptés — Bronzes
Vitraux — Deux Crédences gothiques
Étoffes anciennes

DONT LA VENTE AURA LIEU

HOTEL DROUOT, SALLE Nᵒ 3

Le Samedi 11 Février 1888

A DEUX HEURES

Mᵉ PAUL CHEVALLIER	M. B. LASQUIN
COMMISSAIRE-PRISEUR	EXPERT
10, rue de la Grange-Batelière, 10	12, rue Laffitte, 12

Chez lesquels se trouve le présent Catalogue.

EXPOSITION PUBLIQUE

Le Vendredi 10 Février 1888, de 1 heure à 5 heures.

CONDITIONS DE LA VENTE

Elle sera faite au comptant.

Les acquéreurs payeront, en sus des adjudications, *cinq pour cent* applicables aux frais.

L'Exposition mettant le public à même de se rendre compte de l'état des objets, il ne sera admis aucune réclamation une fois l'adjudication prononcée.

Paris. — Imp. de l'Art, E. Ménard et Cie, 41, rue de la Victoire.

DÉSIGNATION DES OBJETS

FAIENCES ITALIENNES

1 — Fabrique d'Urbino. Grand broc de forme sphérique, dont l'orifice trilobé est relié à la panse par une anse à enroulements de serpents. Décor polychrome sur fond gros bleu, à rinceaux de feuillages, de fleurs et d'animaux, avec médaillon ovale représentant Bacchus couché sur un tonneau. XVIe siècle. — Haut., 35 cent.

2 — Fabrique d'Urbino. Beau plat rond et creux, à décor polychrome, représentant Apollon poursuivant Daphné métamorphosée en laurier sur le bord du fleuve Pénée.

A gauche, l'Amour voltigeant et tirant de l'arc, emblème de la passion qui anime le dieu envers la nymphe insensible à ses vœux.

Sur l'autre rive du fleuve se voit une ville dominée par des rochers.

Au revers, l'indication du sujet. XVIe siècle. — Diam., 27 cent.

3 — Fabrique d'Urbino. Grande coupe ronde godronnée, à décor polychrome, représentant le Triomphe de la Foi. Une figure symbolique, assise sur l'hydre, élève un vase sacré devant lequel se prosternent les patriarches d'Israël.

Fond de montagnes au delà d'un fleuve. xvie siècle. — Diam., 27 cent.

4 — Fabrique d'Urbino. Coupe ronde sur pied bas, à décor polychrome, représentant le sujet de la Nativité. A l'intérieur d'une étable en ruines, la Vierge, saint Joseph et saint Jean-Baptiste enfant sont agenouillés devant l'Enfant Jésus couché sur une crèche en osier. A droite, un bœuf et un âne ; à travers les ruines on aperçoit une partie du paysage avec rivière et habitations.

Au revers : la date *1541* et le nom *Preserpio in Urbino*. — Diam., 23 cent.

5 — Fabrique d'Urbino. Coupe ronde sur pied bas, à décor polychrome représentant la Résurrection de Lazare, composition de quatorze figures.

Au fond, un monastère et une ville avec montagnes à l'horizon. xvie siècle. — Diam., 28 cent.

6 — FABRIQUE D'URBINO. Coupe ronde, à décor polychrome représentant un Satyre lutinant une nymphe et un amour tenant une draperie.

Paysage avec rivière et fond de montagnes. Dans le ciel apparaît la figure de Jupiter tonnant. XVIe siècle. — Diam., 275 millim.

7 — FABRIQUE D'URBINO. Grand plat rond et creux, à décor polychrome, représentant l'Empereur Trajan assis sous une tente près d'un palais et recevant un personnage conduit par des guerriers. Composition de quatorze figures. Au fond, une ville fortifiée sur le versant d'une montagne. — Diam., 325 millim.

8 — FABRIQUE D'URBINO. Coupe ronde sur pied bas, à décor polychrome, représentant le sujet de la Circoncision. Composition de douze figures dans un riche temple à colonnades. Au revers, l'indication du sujet. XVIe siècle. — Diam., 275 millim.

9 — FABRIQUE D'URBINO. Petite coupe ronde, à décor polychrome, représentant Daphné métamorphosée en laurier par son père Pénée pour la soustraire à la poursuite d'Apollon. XVIe siècle. — Diam., 17 cent.

10 — FABRIQUE DE DERUTA. — Grande coupe ronde sur piédouche, couverte extérieurement

et intérieurement d'un décor d'arabesques et d'entrelacs symétriques dessinés en bleu et jaune et rehaussés de reflets métalliques. xvie siècle. — Haut., 22 cent. ; diam., 30 cent.

11 — FABRIQUE DE DERUTA. Plat rond à décor à reflets métalliques sur jaune et bleu ; le fond offre un chiffre orné ; le marli est couvert par un rayonnement en forme d'étoile, alterné par des olives et des boules. xvie siècle. — Diam., 27 cent.

12 — FABRIQUE DE DERUTA. Petit plat creux décoré de reflets métalliques sur jaune d'ocre, rehaussés de bleu. Le fond offre une rosace entourée d'une couronne d'imbrications ; le marli est étoilé, avec alternances symétriques, de boules et d'ornements festonnés. xvie siècle. — Diam., 215 millim.

13 — FABRIQUE DE DERUTA. Petit plat rond, décor à reflets métalliques liserés de bleu. Au centre, un écusson dans un rayonnement étoilé ; le marli couvert d'ornements symétriques simulant des feuilles et des fruits. xvie siècle. — Diam., 245 millim.

14 — FABRIQUE DE GUBBIO. Belle coupe ronde sur pieds bas, décorée de vifs reflets métalliques

mordorés. Au centre, la figure de saint Sébastien debout, avec bordure godronnée offrant des palmettes et des feuillages. XVIe siècle. — Diam., 238 millim.

15 — FABRIQUE DE PESARO. Grand plat rond du commencement du XVIe siècle, à décor polychrome. Le fond représente une jeune femme en buste, avec corsage jaune et vert décoré d'arabesques. La bordure est couverte par des compartiments d'imbrications, de feuillages et de cartouches alternés. — Diam., 39 cent.

16 — FABRIQUE DE PESARO. Plat rond à ombilic, décoré en bleu, vert et jaune d'ocre; il offre au centre un buste d'homme, de profil à droite, coiffé d'un bonnet avec turban, dans un encadrement circulaire vers lequel rayonnent quatre compartiments de feuillages et d'imbrications alternés. Première moitié du XVIe siècle. — Diam., 32 cent.

17 — FABRIQUE DE CAFFAGGIOLO. Grand plat de la première moitié du XVIe siècle, décoré en bleu, vert et jaune d'ocre. Au centre, un cavalier armé d'une lance. Le marli orné de rinceaux de feuillages. — Diam., 42 cent.

18 — FABRIQUE DE FAENZA. Coupe ronde à bords

plats, dit *cuppa amatoria,* offrant au centre un buste de femme, de profil à gauche, se détachant sur un fond jaune de chrome, la chute décorée de rinceaux en *bianco sopra bianco ;* le marli est couvert par des têtes d'amours, des mascarons et des palmettes en grisaille sur fond bleu intense. XVIᵉ siècle. — Diam., 24 cent.

19 — FABRIQUE DE CASTELLI. Deux jolis petits plateaux ronds, à décor polychrome à rehauts d'or, offrant au centre, l'un la figure de Minerve, l'autre celle de Cérès ; les marlis sont décorés de cartouches à mascarons et de figures d'enfants se jouant dans des fleurs. — Diam., 18 cent.

20 — FABRIQUE DE SAVONE. Vase ovoïde à deux anses terminées par des mascarons, à décor en camaïeu bleu, à bustes et feuillages.

21 — FAÏENCE ITALIENNE. Plat rond décoré d'un chien et d'une bordure d'entrelacs.

22 — FAÏENCE ITALIENNE. Plat à bord festonné et godronné, à décor bleu, genre japonais.

FAIENCES HISPANO-MAURESQUES

ET ORIENTALES

23 — Fabrique hispano-mauresque. Grand plat creux, décor à reflets métalliques. Au centre, une tête de lion entourée de plusieurs zones d'enroulements, d'imbrications et d'arabesques. Le marli est godronné et orné de fleurs arabesques et d'épées alternées. xvi° siècle. — Diam., 38 cent.

24 — Faïence de Rhodes. Joli plat rond à décor polychrome ; le fond à œillets, la bordure ornée d'un rang de piastres.

Collection Séchan.

25 — Même fabrique. Joli plat à décor polychrome, dont le fond présente une large rosace en vert, bordure d'imbrications.

Collection Séchan.

26 — Faïence de Damas. Beau plat décoré en bleu intense et bleu turquoise ; le fond, à rosace ; le bord, à rinceaux.

27 — Faïence d'Asie Mineure. Deux coupes rondes à couvercles, décorées de branchages en vert.

28 — **Faïence de Kutaya.** Buire et son bassin, à décor bleu et vert, à palmettes et fleurs.

29 — **Même fabrique.** Buire décorée de feuillages en vert et jaune.

30 à 40 — Environ trente plaques de revêtement en ancienne faïence de Rhodes, décorées en couleurs de fleurs variées, etc.

FAIENCES DIVERSES

41 — **Fabrique de Lille.** Jolie assiette d'un riche décor, à lambrequins et rosace en bleu rouge et jaune d'ocre. Collection Pascal. — Diamètre, 22 cent.

42 — Vase de forme ovoïde en ancienne faïence de Delft de belle qualité, à décor bleu à fleurs de lotus, chardons, oiseaux et papillons.

43 — **Fabrique de Moustiers.** Fontaine d'applique à décor de grotesques, bustes, fontaines et ornements, d'après Bérain.

PORCELAINES

44 — Potiche à couvercle, en ancienne porcelaine de Chine, émaillée en couleurs sur fond vert d'eau, décorée d'une multitude de figures animant une fête chinoise, au milieu de kiosques, de grands arbres, de rochers.

45 — Deux grands vases en porcelaine du Japon, décorés de chrysanthèmes en couleurs rehaussées d'or, sur un treillage de bambous.

46 — Gourde, forme persane, en ancienne porcelaine de Chine, à décor bleu, avec monture de cuivre.

BIJOUX

47 — Bijou pendentif du XVIe siècle, en or ciselé et portant des traces d'émail. Il offre, au centre, une figure de chasseur assis sur deux cerfs adossés, dans un entourage d'ornements à entrelacs ajourés, appliqués sur un fond gravé au revers et portant également des traces d'émail. Il est enrichi de quatre diamants-tables et de cinq perles pendeloques.

48 — Médaillon Louis XIII, composé d'un camée,
tête d'homme entourée d'émeraudes, appliquée
sur fond émaillé. Il est serti dans une tresse d'or
rapportée.

49 — Petite montre de Charles Oudin, en forme de
scarabée, en or émaillé gros bleu, enrichi de
roses.

ARMES ET FERS

50 — Demi-armure italienne, en fer gravé du XVIe
siècle, composée d'un casque à visière, d'un
colletin, d'un plastron, des épaulières et des
brassards.

51 — Très joli mousquet à rouet, du XVIe siècle,
dont la monture, en forme de pied de biche, est
très finement incrustée de figures, d'animaux,
de cartouches et d'arabesques en ivoire et en
nacre. La batterie ainsi que le canon sont ornés
de gravures.

52 — Rapière à quillons droits à torsades, avec
garde en corbeille ajourée, ornée de quatre mé-
daillons-bustes et de deux cariatides ailées,

réserves dans des entrelacs de branchages, d'oiseaux, d'animaux et de trophées d'attributs.

53 — Épée de chevet de l'époque Henri IV, à pommeau cannelé, garde à grille et quillon recourbé
en spirale.

54 — Belle épée Louis XIII, à petits quillons terminés par des cariatides, et dont la garde, ainsi
que le pommeau, offrent des figures mytholo-
giques ciselées en bas-relief, lame striée et
ajourée à la partie supérieure.

55 — Épée Louis XIII, dont la garde repercée à
jour représente des figures dans des ornements
ainsi que des fleurs de lis ; les petits quillons
sont terminés par des têtes chimériques.

56 — Épée à garde et contre-garde, quillons droits
et pommeau ovoïde en fer uni. xvie siècle.

57 — Épée de duel Louis XVI, garde à deux aile-
rons, repercée à jour, à quadrillages, et gravée.

58 — Fragment de pièce d'armure en fer repoussé,
incrusté d'or, à ornements entrelacés et guirlandes de fruits. xvie siècle.

59 — Grande plaque de cabinet, en fer gravé et
doré, représentant divers monuments au milieu
desquels une tour fortifiée. xvi⁰ siècle.

60 — Épi en forme de chou-fleuri, en fer forgé. Pro-
vient d'une grille du xvi⁰ siècle.

61 — Poignée de porte avec loquet en fer forgé.

62 à 65 — Quatre serrures gothiques en fer, dont
trois avec leur moraillon.

OBJETS VARIÉS

66 — Petit coffret gothique en ivoire, garni de
pentures et d'une serrure avec moraillon en
forme de main, en cuivre ; il repose sur quatre
pieds-boules. Conservation parfaite.

67 — Couverture de livre d'heures du temps de
Louis XIII, en écaille brune, garnie de fer-
moirs, de charnières et d'écoinçons en argent
gravé.

68 à 71 — Quatre paires de bracelets d'ancien travail oriental, en argent massif gravé et en argent repoussé à facettes.

72 — Cartouchière orientale en argent ciselé et fili-
grané.

73 — Petit reliquaire en cristal de roche, taillé à
six pans et renfermant une madone, orné d'un
anneau et surmonté d'une croix enrichis de
pierreries. Il est monté sur un pied-balustre en
cuivre gravé et doré, et renfermé dans un étui
en maroquin doré aux fers.

74 — Instrument en cuivre avec cinq cadrans mar-
queurs, dans un étui en cuir doré aux petits
fers. XVIIe siècle.

75 — Beau devant de coffre en noyer sculpté en
bas-relief, offrant au centre un écusson entre
deux cariatides et des enroulements. Fin du
XVIe siècle.

76 — Fragment de bois sculpté du XVIe siècle, représentant deux figures, l'une debout, l'autre
couchée.

77 — Statuette de Vénus. Marbre blanc antique.

78 — Vase à piédouche, formé d'un flacon de kalian
en métal incrusté d'argent, de travail oriental.

79 — Bassin vénitien en cuivre gravé incrusté d'argent, offrant au pourtour intérieur une bande

d'inscriptions orientales et trois médaillons renfermant des vases. Une frise étroite, près du bord, représente divers animaux.

80 — Grand mortier en métal de cloche, décoré au pourtour de six mascarons reliés par des guirlandes.

81 — Statuette d'après l'antique : Mercure assis ; bronze ancien repatiné.

82 — Figurine de Mercure debout ; bronze antique sur socle en marbre jaune.

83 — Tête d'empereur romain ; bronze antique sur socle en marbre.

84 — Deux volets, composés chacun de deux vitraux, à figures et armoiries du XVIᵉ siècle.

85 — Peinture sur marbre, de l'école espagnole Apothéose de Jésus.

MEUBLES

86 — Crédence gothique, de forme pentagonale, surmontée d'un dressoir avec dais, en chêne sculpté, panneaux à nervures ogivales, montants

fleuronnés et portes fleurdelisées. Le dais est
entouré d'une galerie ajourée.

87 — Crédence gothique analogue à la précédente,
mais plus grande et sans dressoir.

88 — Escabeau à dossier en noyer sculpté, du
XVIᵉ siècle, à cariatides, mascarons et volutes.

ÉTOFFES

89 — Tapis d'ancienne étoffe de Damas, couverte
de caractères et de versets du Coran, sur fond
vert avec traces d'or. Étoffe curieuse par sa pro-
venance.

90 — Tapis de prière oriental, tissé de soie et d'argent sur fond rouge

91 — Deux médaillons ovales en tapisserie au petit
point, représentant des bouquets de fleurs et
fruits, d'après Van Dael.

92 — Lot de broderies anciennes pour applications.

93 — Lambrequin en soie verte, appliquée de broderies de soie de couleur à fleurs.

94 — Trois coussins en velours de Scutari, à fleurs en rouge et rose sur fond crème.

95 — Garniture de divan en soie rouge brochée de soie jaune d'or.

96 — Morceau de satin rouge, du temps de l'Empire.

97 — Coupon d'étoffe d'environ quatre mètres, en étoffe orientale, fond saumon, tissée d'or à rayures et ornements.

98 — Lambrequin en soie brochée à larges fleurs sur fond marron.

99 — Morceau d'ancien brocart d'or et d'argent, à figures, kiosques et ornements chinois.

100 — Petit tapis de table en soie Louis XV, brochée en soie de couleurs et argent, avec bordure de dentelle.

101 — Dessus de selle en velours cramoisi, brodé de soie et bordé d'un effilé.

102 — Petit carré pour coussin en tapisserie très fine, à médaillons, figures, fleurs et animaux, du XVIe siècle.

103 — Gilet en brocart, du temps de Louis XV.

104 — Quatre morceaux de soie brochée à fond
violet.

105 — Galons en argent doré.

106 — Petit écusson en broderie d'or et d'argent,
du XVIᵉ siècle.

107 — Morceau de bordure en velours de Gênes,
et deux glands.